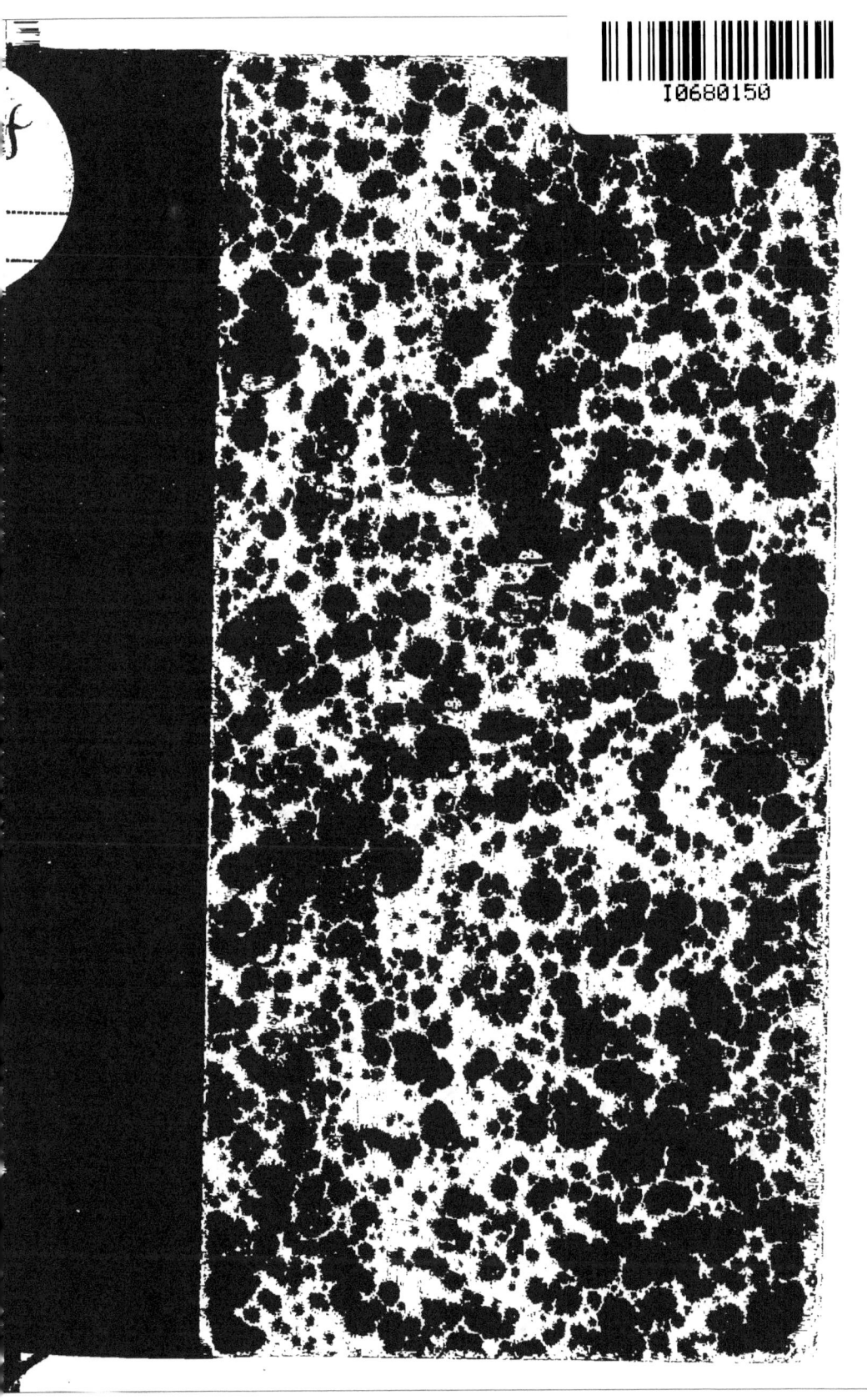

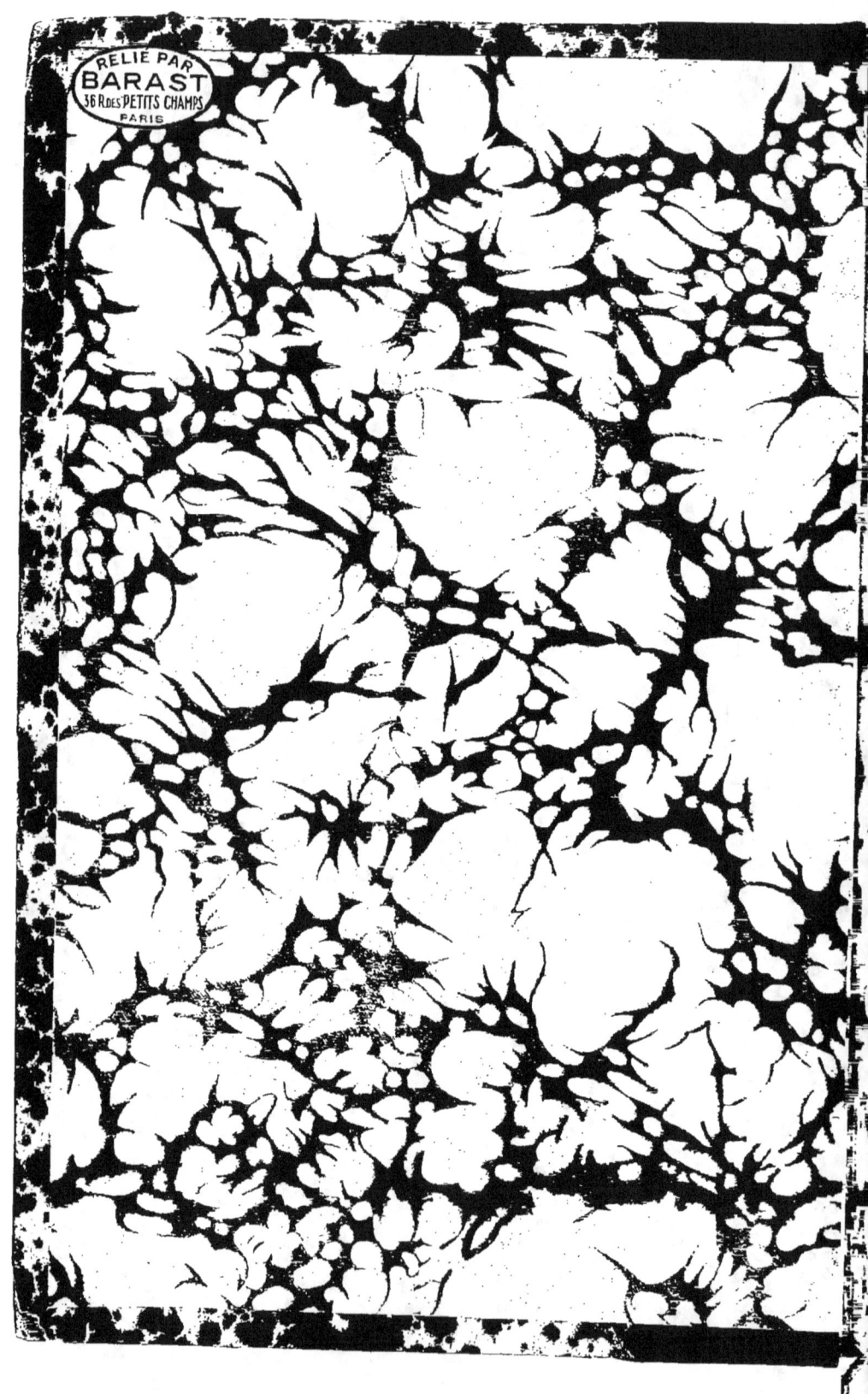

RELIÉ PAR
BARAST
36 R.DES PETITS CHAMPS
PARIS

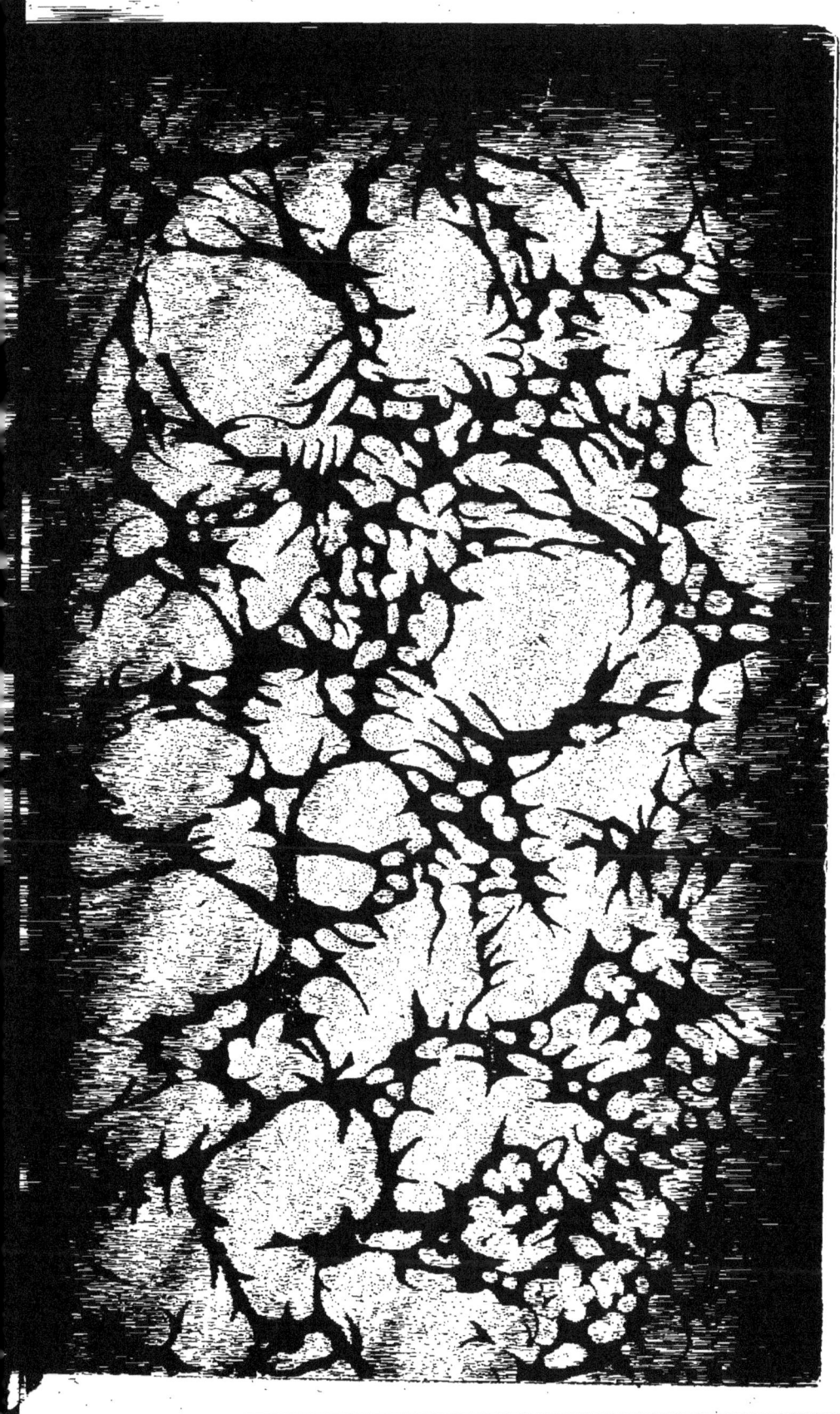

ART DE GRA...

IOVIAVST

PARIS

Petite Collection Moliere

M DCCC LXXX

VII

LA COUPE
DU VAL DE GRACE

TIRAGE

3oo exemplaires sur papier vergé (Nos 4I à 34o).
20 — sur papier de Chine (Nos I à 20).
20 — sur papier Whatman (Nos 2I à 4o).

34o exemplaires, numérotés.

No 239

LA COUPE

DU

VAL DE GRACE

RÉPONSE AU POÈME DE MOLIÈRE

LA GLOIRE DU VAL DE GRACE

PIÈCE DE VERS ATTRIBUÉE A MADEMOISELLE CHÉRON

SUIVIE DE

L'ÉPITRE A MIGNARD

ATTRIBUÉE A MOLIÈRE

AVEC DEUX NOTICES

PAR LE BIBLIOPHILE JACOB

PARIS
LIBRAIRIE DES BIBLIOPHILES

Rue Saint-Honoré, 338

—

M DCCC LXXX

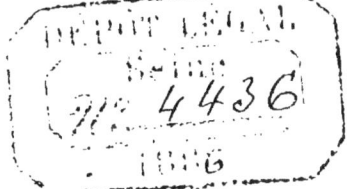

LA COUPE

DU VAL DE GRACE

RÉPONSE

AU POÈME DE MOLIÈRE

SUIVIE DES VARIANTES TIRÉES DU MANUSCRIT
AUTOGRAPHE

I

PRÉFACE

ETTE *longue pièce de vers, dont le manuscrit original se trouvait autrefois à la Bibliothèque de l'abbaye de Saint-Victor, dans le célèbre recueil de Nicolas du Tralage, fut publiée, avec beaucoup de corrections et de variantes, longtemps après l'époque de sa composition, dans un volume, intitulé* ANONIMIANA, OU MÉLANGES DE POÉSIES, D'ÉLOQUENCE ET D'ÉRUDITION (Paris, Nicolas Pepie, 1700, in-12).

Ce volume, imprimé par Jacques Collombat, imprimeur ordinaire de M me *la duchesse de Bourgogne, lequel avait obtenu le privilège en date du 28 septembre 1679, privilège dont il ne fit usage que vingt ans plus tard, se compose « de plusieurs ouvrages qui ont diverti* une Compagnie où ils ont été lus les uns après les autres », dit la Préface. Les ouvrages en question, prose et vers, sortaient de différentes mains, et le seul qu'on puisse attribuer à un auteur connu, c'est le conte de l'ESPRIT FORT, par Charles Perrault, de l'Académie française.

Quant à la COUPE DU VAL DE GRACE, elle avait été certainement composée en 1669, au moment même où paraissait le poème de Molière, qu'elle critique au point de vue de l'exagération des éloges accordés aux peintures murales de Mignard. On a donc tout lieu de croire qu'elle circula manuscrite dans les cercles littéraires que fréquentait Charles Perrault, qui n'en est pourtant pas l'auteur. Cette pièce de vers, en effet, est écrite d'un style lâche et verbeux, quelquefois incorrect et négligé. On ne doit pas s'étonner que l'éditeur de l'ANONIMIANA ait corrigé des phrases imparfaites, changé des mots, et rectifié des rimes insuffisantes. Dans le volume, où elle occupe les pages 241-83, elle est précédée de ces curieuses particularités, qui nous apprennent pourquoi Molière fut amené à composer son poème de la GLOIRE DU VAL DE GRACE :

« *Un Cavalier proposa de faire lecture d'une critique du* VAL DE GRACE, *qui lui étoit tombée entre les mains. Il dit qu'elle étoit d'une dame d'un mérite encore plus distingué par sa vertu que par son mérite. Elle l'avoit faite en badinant, pour répondre à la* GLOIRE DU VAL DE GRACE, *que M. de Molière avoit fait en faveur de M. Mignard, dont il aimoit la fille. « Je vous la lirai, ajouta-t-il, avec ses défauts, car M. de Colbert, le ministre d'État, qu'elle a réjoui, n'ayant point voulu qu'on y touchât, je croirois gâter une chose qu'il a trouvée bonne, toute imparfaite qu'elle est, si je m'étois mêlé de la corriger.*

« *Il ne sera peut être pas hors de propos, après cela, de vous dire que les soixante ou quatre-vingts premiers vers de ce poème sont sur les mêmes rimes que les premiers du poème du* VAL DE GRACE, *de M. de Molière, et que, comme cet excellent comique n'avoit entrepris le sien que pour louer M. Mignard, la dame qui en a fait la critique n'en forma le dessein que pour faire sa cour à M. de Colbert, qui protégeoit M. Lebrun, qui étoit l'émule et le concurrent de M. Mignard. »*

Nous avons tout lieu de supposer que l'au-

1.

teur de la critique du poème de Molière n'est autre que Mlle Élisabeth-Sophie Chéron, peintre et poète, qui épousa depuis Le Hay, peintre de portraits, et qui mourut, membre de l'Académie royale de peinture, en 1711, à l'âge de soixante-trois ans. Mlle Chéron, élève de Lebrun et protégée de Colbert, avait été sans doute désignée, par le ministre et par Lebrun lui-même, pour répondre à la GLOIRE DU VAL DE GRACE, qui venait de paraître; mais sa réponse, n'ayant pas été jugée digne de figurer à côté du poème de Molière, ne fut point imprimée. Mlle Chéron, âgée alors de 21 ans, avait mieux réussi dans son joli poème badin des CERISES RENVERSÉES.

Le manuscrit autographe, qui ne porte aucun nom d'auteur, s'est retrouvé, à la Bibliothèque de l'Arsenal, parmi les débris de l'ancien recueil de Nicolas du Tralage; il offre un grand nombre de variantes et de passages raturés, et supprimés sans doute par l'auteur lui-même. Nous n'avons pas été plus indulgents que lui pour son œuvre, et nous l'avons laissée telle qu'il la destinait probablement à l'impression, sans reproduire les vers biffés ou effacés, qui ne se trouvent pas

*dans le texte donné par l'*ANONIMIANA*; mais
ces vers biffés ou effacés ont été recueillis,
comme variantes, à la suite de la* COUPE DU
VAL DE GRACE. *Quant au texte corrigé et re-
manié de l'*ANONIMIANA*, qui nous eût fourni un
grand nombre de variantes qu'on ne peut pas
attribuer à l'auteur même, nous nous bornerons
à y renvoyer les curieux, notre édition étant
faite exclusivement sur le manuscrit autographe.*

*Il ne faut pas oublier que le poème de Mo-
lière, la* GLOIRE DU VAL DE GRACE, *parut pour
la première fois à Paris, chez Pierre le Petit,
en 1669, in-4, avec des vignettes et culs-de-
lampe gravés d'après les dessins de Mignard; il ne fut pas réimprimé à part, et on
pourrait en conclure qu'il eut peu de succès,
malgré le mérite de quelques passages, re-
marquables dans le genre didactique; mais, en
revanche, il a été inséré dans toutes les éditions de Molière, depuis celle de 1682.*

*Tout le monde sait que Molière était l'ami
de Mignard, mais, sans l'indiscrétion de l'auteur de l'*ANONIMIANA*, nous ne saurions pas
que la fille de Mignard avait inspiré au poète
un amour ou plutôt une tendre admiration,*

qui se traduisit par l'éloge poétique des belles peintures de la coupole du Val de Grace.

P. L. Jacob, *bibliophile.*

LA COUPE
DU VAL DE GRACE

A Monsieur de Moliere

Esprit de nos jours le plus rare,
Toy de qui la plume separe
'Ton nom d'entre tous les acteurs,
Pour le mettre au rang des autheurs;
Toy qui, sans effort de ta veine,
Corriges la nature humaine,
Et qui, par un art merveilleux,
Joins au plaisant le sérieux;
Qui critiques sans complaisance

Toutes les sottises de France :
Pourquoi faut-il, pour mon malheur,
Aujourd'hui, contre ton humeur,
Que tu m'esleves dans la nüe
Pour me rendre aux yeux trop connüe ?
Veux-tu passer pour un menteur,
Toy qu'on ne crut jamais flatteur ?
Veux-tu que l'on dise, à ma honte,
Que ce trop d'honneur me surmonte ?
Cache donc à tout l'univers
Ces grands et magnifiques vers,
Car leur eloquence divine
Seroit cause de ma ruine.
Je sçay tout ce qu'on dit de moy ;
L'on ne t'en croit pas sur ta foy ;
Chacun juge par sa lumiere,
Et, sans trop respecter Moliere,
Je verray faire mon procès,
Malgré la brigue et les placets.
Tous les sçavans viendront en trouppe
Donner un arrest sur la Coupe,
Et feront publier tout haut

Leur sentence sur mon deffaut.
Enfin j'ay beau faire la fine,
J'ay mechant jeu et bonne mine;
Toute ma beauté n'est qu'un fard
Peu caché pour les gens de l'art :
Mais, aussitôt qu'on m'examine,
Je dis : Adieu la bonne mine!
Car, de la tête jusqu'aux pieds,
Mes membres sont estropiés;
Au moins, c'est ce que j'entens dire,
Et que je crains de voir escrire.
Je voy venir, de jour en jour,
Mille personnes tour à tour,
Qui soustiennent devant moy-même
Ce qui n'est pas dans ton poëme.
C'est pourquoy, sçavant escrivain,
Reprens donc ta plume à la main,
Non pour loüer, mais pour deffendre :
Car, si je te puis faire entendre
Tous les deffauts qu'on trouve en moy,
Ce que l'on dit, et que je voy,
Tu ne seras pas sans affaire,

Si tu prétends y satisfaire.
Les pilleurs et les assassins
N'ont jamais fait plus de larcins
Que j'en fais paraistre à la veüe;
Les habits dont je suis vestüe
Sont vollez dans les plus saints lieux :
C'est quelque chose d'odieux;
Mais, helas! ce n'est pas le pire
De tout ce que j'en entens dire:
« Celuy qui m'a voulu parer
N'a fait que me deshonnorer.
Il a fait souffrir le martire
A mainte Vierge: il les déchire,
Il leur casse jambes et bras,
Sans espée et sans coutelas;
L'on dit mesme que les Apostres
N'en sont pas exempts plus que d'autres;
Il les a mis dans le malheur
D'avoir tous besoin d'un bailleur;
Mais ce qu'on dit de plus estrange,
C'est qu'il n'espargne Dieu ny ange. »
   A cela, que respondras-tu?

Ton cœur n'est-il pas abbattu?
Mais, hélas! que pouvoir respondre?
N'est-ce pas là pour nous confondre?
Je sçay bien que mes partisans
Disent que des noirs medisans
La seule envie ou la malice
Me fronde avec trop d'injustice;
Qu'en depit de leurs vains discours,
Le grand Mignard sera toujours,
Dans son cabinet, un rare homme;
Qu'il a fait miracle dans Rome.
Mais, sans me flatter, je crains bien
Que les sçavans n'en croyent rien.
Je vois, tous les jours, dans le temple,
Tout le monde qui me contemple:
L'ignorant, comme le docteur,
Se mesle d'estre mon censeur.

Un marchant, la derniere feste,
Disoit tout haut, levant la teste:
« Le parement de cet autel
Devoit estre du brocatel,
Bien chamarré de broderie,

2

Plustost que de tapisserie,
Car cette moquette n'est pas
Si belle que du taffetas.
Il faut que ce peintre soit chiche,
Pour ne l'avoir pas fait plus riche;
Falloit-il mettre, en paradis,
Des bergames du temps jadis?

   — Vrayement! ce seroit grand dommage,
Respondit sa femme plus sage,
Si l'on en eust fait un plus beau :
Car le sang de ce pauvre Agneau,
Qui coule dessus la serviette,
Gasteroit toute la moquette. »
Alors plusieurs gens de sçavoir,
Qui pour lors m'estoient venus voir,
Firent tous un esclat de rire
De ce qu'ils venoient d'oüir dire.
« Chacun juge selon son sens,
Dit-on d'entre les connoissans.
Ce peuple, qui parle à sa mode,
Sans science ny sans methode,
Sçait descouvrir, le plus souvent,

Ce qui n'est pas veu d'un sçavant :
Car cette simple famelette,
Qui, pour soustenir sa moquette,
Donne son jugement tout haut,
Me découvre un fort grand deffaut,
A quoy je ne prenois pas garde,
Depuis le temps que je regarde ;
Car cet autel assurement
Suppose du Vieil Testament
Le sacrifice et la victime,
Qu'on offroit à Dieu pour le crime :
Sur la pierre nue, on brusloit
La victime qu'on immoloit,
Et c'est une faute grossiere
De l'orner d'une autre matiere,
Pour la brusler avec l'Agneau.
Or, c'est un sentiment nouveau
De croire qu'on brusloit la nappe ;
Et c'est à quoy Mignard s'attrappe.
Mais pourquoy mettre un parement?
C'est un deffaut de jugement ;
Je soustiens, sans estre critique,

Qu'il n'est point dit, au Levitique,
Que l'autel fust jamais paré,
Quand l'Agneau estoit preparé
Pour estre offert en sacrifice ;
Ce discours est sans artifice.
— Mais, respondit un curieux
Du nombre de ces vertueux,
J'apperçois bien une autre chose,
Qui merite un peu que l'on glose :
La croix de Malthe assurement
N'est pas de l'Ancien Testament?
Il n'est point dit, dans l'Escriture,
Qu'elle deust servir de parure,
Alors qu'on immoloit l'Agneau.
— Cet ouvrage est pourtant fort beau,
Dit un autre homme de la troupe ;
Je prens le party de la Coupe,
Et je soustiendray hardiment
Que Mignard est peintre excellent.
Que trouvez-vous à sa maniere?
— Je ne la croy pas la premiere,
Luy respondit le curieux,

Souriant d'un air dedaigneux.
— Je n'aime point la raillerie!
Vous n'en parlez que par envie,
Dit mon deffenseur, et je voy
Que jamais Mignard, comme à moy,
Ne vous parla de sa science.
Mais je veux, en vostre presence,
Dit-il, s'adressant à plusieurs
De ces illustres auditeurs,
Luy faire avoüer, à sa honte,
Que son grand esprit se méconte.
  — Ha! Monsieur, dit le curieux,
Je vous prens au mot, je le veux. »
  Chacun ayant presté silence,
Pour commencer la conference,
L'on fut quelque temps à penser
Qui des deux devoit commencer;
Mais, suivant la loy de l'Ecole,
L'accusant commença son roole.
  « Messieurs, je n'ay pas entrepris,
Dit-il, de gaigner vos esprits
Par un discours plein d'éloquence,

2.

Soustenu d'art et de science;
Je veux prouver presentement,
Mais en quatre mots seulement,
Que ce grand chamaillis d'ouvrage,
A qui plusieurs rendent hommage,
N'a rien qui ne soit imparfait,
Defectueux ou contrefait,
Contraire à l'art de la peinture,
Choquant et raison et nature :
Car, je pose pour fondement,
Qu'un peintre de grand jugement
Doit dans l'esprit avoir présente
L'idée de ce qu'il invente;
Que son imagination
Luy produise l'expression
De son sujet, et qu'il ordonne,
Sans qu'il emprunte de personne.
Or, je mets en fait qu'à vos yeux,
Je vais trouver dedans ces lieux
Plusieurs figures dérobées,
Que Mignard s'est appropriées;
Qu'il a peintes comme il a pu,

Et qui ne sont pas de son cru,
Mais ne pensez pas que j'impose :
Je me rends garant de la chose,
Et veux passer pour un menteur
Si Mignard est un inventeur.
C'est une chose incontestable ;
Mais, pour la rendre plus croyable,
Suivez-moy du doigt et de l'œil,
Et faisons icy le recueïl
Des figures qui sont connues.
Si nous les ostions de ces nues,
Le reste en seroit un peu court :
Car, dans ce bienheureux séjour,
Tintoret, Pietre de Cortone,
Ne sont inconnus à personne ;
Lanfranc, le Guide et Raphael,
S'ils ostoient ce qu'ils ont au ciel,
Il resteroit peu, sous ce ceintre,
De l'esprit et de l'art du peintre.
Mais chaque homme a sa passion,
Et ce n'est pas l'ambition
A Mignard de faire connoistre

Qu'il invente et qu'il donne l'estre.
Mais, pour ses pillages passez,
Qu'il prie pour les trépassez,
Puisqu'il monstre, par cet ouvrage,
Le grand secours et l'avantage
Qu'on tire des peintres fameux
Dans le sejour des Bienheureux. »
    Mon deffenseur prit la parole :
« Monsieur, est-ce ainsi que l'on vole
La haute réputation
D'un homme plein d'invention ?
J'ay regret de vous interrompre,
Mais ce discours pourroit corrompre
Cette illustre troupe d'amis ;
Souffrez donc qu'il me soit permis
Que je réponde à cette injure,
A cette outrageante censure.
Non, non, je ne puis sans douleur,
Continua mon deffenseur,
S'adressant à toute la troupe,
Entendre condamner la Coupe,
Puisqu'elle fait voir à nos yeux

Le bon goust et le pretieux.
Ce grand peintre, dont la maniere
Est de l'Europe la premiere,
L'ayant peinte enfin de sa main,
Monstre qu'elle est du goust romain;
Son ordonnance est entendue :
Elle prend l'esprit et la veüe;
Le beau contraste s'y fait voir,
Et Mignard se peut prevaloir
Qu'il sait, luy seul, dans la nature,
L'empastement de la peinture:
Car peut-on sans ravissement
Voir cette Coupe un seul moment?
Est-il rien de plus admirable,
De plus grand, de plus venerable,
Que paroist le Pere Eternel?
Jamais le divin Raphael,
Qui fut le Mignard de son âge,
Ne fit un si divin ouvrage
Que ce beau sejour glorieux;
N'est-ce pas là peindre des cieux?
Puisque le plus petit des Anges

Meriteroit mille louanges.

Mais venons au particulier

De cet ouvrage singulier.

Ce costé me ravit, entr'autres,

Où sont depeints ces grands Apostres.

Saint Pierre, dans cette action,

N'a-t-il pas une expression

Qui peut passer pour un miracle?

Il paroist là comme un Oracle;

Il semble qu'il presche tout haut;

Cette figure est sans deffaut :

Elle mérite qu'on l'admire,

Et c'est tout ce qu'on en peut dire.

Saint Paul, de son long estendu,

Exprime qu'il a entendu

L'éclat de cette voix tonnante

Qui le fit tomber d'épouvante,

Lorsque la lumiere des cieux

Eteignit celle de ses yeux.

Son âme paroist allarmée

Autant que la mienne est charmée.

A costé de là, j'apperçoy

Le Saint qui nous prescha la foy :
Il est habillé d'un blanc sale;
Son visage paroist fort pâle ;
Mais cela sert à l'union
Autant qu'à la devotion.
Remarquez ce grand saint Hierosme.
Il fait miracle dans ce Dôme,
Car son grand et sublime esprit,
Sans penser à ce qu'il escrit,
Rumine quelque belle idée :
Ce peintre a si bien accordée
La Science avec le sujet
Qu'on est ravi par cet objet.
Mais admirez ces grands espaces,
La beauté de ces grandes masses !
Moyse, appuyé sur la Loy,
Est un prodige, selon moy;
Près de luy, les Israëlites,
Ces grands hommes pleins de merites,
Expriment si bien la grandeur,
La majesté et la splendeur,
Qu'il n'est rien de plus magnifique;

Et l'on ne voit rien dans l'antique,
Dans ce fameux reste du Beau,
Qui puisse egaler ce *Morceau*.

   « Mais tournons un peu nostre chaise :
Nous verrons le reste à nostre aise.
Je ne trouve rien, dans ces lieux,
De plus agreable à mes yeux
  Que cette sainte Catherine,
  Pleine d'une grace divine ;
L'on voit, dans son extension,
Une admirable expression ;
Elle est toute passionnée.
C'est une des mieux ordonnée,
Et nous devons tous avoüer
Qu'on ne la peut assez loüer.

   « La sainte Ursule, avec sa troupe,
Ne fait-elle pas un beau groupe,
Qui donne du ravissement ?
Mais, surtout dans l'arrangement
De tant de figures pareilles,
Ce peintre fait voir des merveilles.

   « Cecile, d'un air gracieux,

Frappe l'oreille avec les yeux.
Mais un autre objet prend ma veüe :
C'est Agnès, qui paroist vestüe
D'un habit plein de pureté,
Pour marquer sa virginité.
Cette Agnès, de qui la jeunesse
Paroist autant que sa noblesse,
Tient entre ses bras un mouton,
Qui, je croy, la baise au menton.
Admirez un peu la tendresse
De cette innocente caresse;
Qu'il exprime bien la douceur
En la baisant de si bon cœur !
J'aurois mille choses à dire
De cette autre sainte martyre
Et de ce grand saint Augustin,
Le docteur du peuple latin;
Mais je juge, à vostre visage,
Qu'en admirant ce bel ouvrage,
Chacun de vous dira tout haut
Que cette Coupe est sans deffaut,
Et c'est ce que j'en dois attendre.

3

— Monsieur, vous pourriez vous mesprendre,
Dit le curieux, et je croy
Que chacun doit parler pour soy :
Car souvent, dit-il, on s'engage
A faire un mauvais personnage,
Ainsi que je vous vais monstrer.
J'ay des coups qu'on ne peut parer ;
Et, sans employer d'autres charmes,
Je ne veux que vos seules armes
Pour destruire tous vos discours.
Je vous dirai donc, sans destours,
Que je ne voy point d'ordonnance,
De grandeur, de magnificence,
Rien d'esclattant, rien de pompeux,
Ny rien qui surprenne les yeux,
Dans cette si fameuse Coupe,
Où l'on ne remarque aucun groupe,
Bien que vous l'ayez soustenu.
Le contraste mal entendu
Y fait ce qu'il n'y doit pas faire,
Par une expression contraire.
Je suis d'accord que l'union

S'y trouve avec profusion :
Tout se tient ensemble, et la veüe
Croit que tout s'attache à la nüe,
Et le noyement de couleur
N'exprime rien qu'une fadeur.
La figure est très mal drapée :
Ce n'est rien que bure fripée,
Dont chacun des saints est vestu,
Qui couvre si bien tout le nu ;
Et la science sera fine,
Si les contours elle devine.
Tous les plis y sont mal jettez,
Pour la pluspart mal inventez ;
L'étoffe est si lourde et grossiere
Que, si la nüe estoit legere,
Tous les saints seroient au hasard
De la percer de part en part.
La lumiere est mal respandue,
Car, loin de pousser, elle tue ;
Elle ne couvre qu'un placart
Bien moins lumineux que blafard.
Mais revenons à la figure,

Ce chef-d'œuvre de la peinture:
Car c'est en cela qu'on peut voir
De Mignard le divin sçavoir.
Je diray desja par avance
Que c'est une haute imprudence
De donner des expressions,
Ou plustost des contorsions,
Des actions si messeantes,
Aux ames qui sont jouïssantes
De la gloire du firmament,
Toujours dans le ravissement
De contempler Dieu face à face,
Dans ce jour qui jamais ne passe :
Car tous les saints qui sont aux cieux,
D'un corps celeste et glorieux,
Chantent d'eternelles louanges,
Unis avec le chœur des Anges;
Ainsi, toute leur action
N'est rien qu'une adoration.
Cependant je ne puis comprendre,
Et c'est ce qu'on ne peut deffendre,
Que Mignard veuille faire voir

Des actions de desespoir
Dans le ciel, où nous devons croire
Qu'on est au comble de la gloire,
Et la raison ne permet pas
D'y rien faire entrer qui soit bas.
Tout doit, aux cieux, estre celeste;
Il n'y faut rien qui soit terrestre.
Jugez donc, par ce que je dis,
En regardant ce Paradis,
Que Mignard fait voir sur nos testes
Bien pis *qu'en des tombeaux des festes;*
Mais, sans preoccupation,
Faisons nostre observation.
Si Raphael le veritable
Peignoit ce sujet adorable,
Luy qui, selon ce que j'entens,
Estoit le Mignard de son tems,
Il se fust bien gardé de faire
Ce que l'on voit icy deplaire.
Feroit-il le Pere-Eternel
Comme a fait ce faux Raphaël?
Je n'en diray qu'une parole :

3.

Sa teste est toute sur l'espaule;
Le Raphaël du temps passé
Sans doute auroit mieux compassé,
Pour la poser, selon nature,
Sur le milieu de la figure.
« Mais arrestons-nous un moment :
Regardons attentivement
Ce grand saint, le chef de l'Eglise,
Pierre, à qui la foy fut promise;
Pierre, qui connut dans sa chair
Son Sauveur qui lui fut si cher ;
Pierre, dont l'ame courageuse,
Sans craindre une mer orageuse,
Marcha sur son liquide dos,
Pour suivre son Dieu sur les flots,
Comme il eust fait sur le rivage;
Mais, à present que sans nuage
Il peut le voir à son plaisir,
Ce grand saint change de desir,
Et son ame, dans l'empirée,
De son Dieu n'est plus enivrée,
Puisqu'il n'est point dans l'action

D'un cœur plein d'adoration.

« Saint Paul, dont l'ardeur et le zele
Servoit à son ame d'une aisle,
Pour s'elever dedans les cieux,
Dans la Coupe paroist aux yeux,
Comme au moment qu'il fait sa cheute,
Lorsque l'Eglise il persécute.
Falloit-il donc, après sa mort,
L'oster d'un celeste transport,
Pour l'exposer à nostre veüe
Couché de son long sur la nue?

« Saint Hierosme est plus effrayé
Que tout un monde foudroyé :
Son action est inquiète,
Comme s'il voyoit la trompette
Qui doit sonner au Jugement;
L'extase ou le ravissement
Qui remplit les saints d'allegresse
Se change en luy comme en detresse.
Il tient des papiers dans ses mains :
Est-ce pour escrire aux humains?
Car, l'on voit bien qu'avec sa plume

Il compose quelque volume :
Mais je penetre, dans son sein,
Qu'il escrit contre son dessein,
Et vous voyez bien, à sa mine,
Que contre Mignard il rechigne
De l'avoir dans le lieu de paix
Fait escrivain pour un jamais.
Tintoret l'a fait, sans escrire,
Dans l'endroit d'où Mignard le tire
La trompette du Jugement
Cause là son estonnement;
Mais icy ce peintre est blasmable,
Et sa faute est inexcusable,
De faire un saint dedans la peur,
Pour marquer son parfait bonheur.
    « Venons à sainte Catherine,
De qui l'eloquence divine
Convertit les plus grands docteurs,
Ainsi que ses persecuteurs.
Est-elle icy dans l'attitude
Qu'il faut pour la Béatitude?
Elle exprime une passion

Contraire à l'adoration,
Et l'on connoist dans son visage
Le ressentiment d'un outrage ;
Aussi ne se trompe-t-on pas:
C'est là Didon près du trepas,
Cette belle Didon du Guide,
Cette illustre de l'Eneïde,
Qui se tua sur un bûcher
Pour Enée au cœur de rocher;
Mignard, dis-je, la trouvant belle
Dans cette action si cruelle,
Sans avoir l'esprit scrupuleux,
Met son desespoir dans les cieux ;
Aussi voit-on que cette sainte
Comme une desolée est peinte :
Mignard n'en a voulu changer
Que la nüe pour le bûcher.
Par sa longueur elle est extreme,
Mais il en fait d'autres de mesme.

« Cecile, du plus haut des cieux,
Pleine d'un desir curieux,
De son bonheur estant trop lasse,

Regarde en bas ce qui s'y passe.
Mais retournons un peu plus loin,
Et dites-moy s'il est besoin
De nous representer Moyse
Appuyé sur la Loy promise?
Ce Prophète qui soupiroit,
Qui depuis long temps aspiroit
D'estre en la gloire bienheureuse,
Aujourd'huy son ame est rêveuse;
A peine leve-t-il les yeux,
Pour contempler qu'il est aux cieux.
Josué, comme sur la terre,
Semble encore aller à la guerre ;
Il ne manque à son air altier
Que le front couvert de laurier.
L'on peut dire sans invective
Qu'on s'est moqué de Perspective :
Car vit-on jamais rien de tel,
Que le marchepied de l'autel ?
On en tire le point de veüe
D'une perspective inconnue.
    « Mais surtout ne voyez-vous pas

Sur ces nuées ou matelas,
Où les figures sont couchées,
Qu'elles y sont si bien rangées,
Qu'un jeu d'orgue ne l'est pas mieux;
Puisqu'elles font voir à nos yeux
Les plus grandes sur les derrieres,
Et les petites les premieres.
J'en prens devant vous à tesmoin
Ce glorieux saint Augustin :
Il ne pourra pas m'en dedire. »
  Tout le monde se prit à rire,
Ce qui fit rompre ce propos:
Car tous les Messieurs, en deux mots,
Avouërent, en ma presence,
Qu'ils abandonnoient ma deffense.
Mon deffenseur les entreprit,
Leur disant que des gens d'esprit
Me tenoient pourtant, dans le monde,
Pour la merveille sans seconde,
Et qu'il feroit voir à leurs yeux
Un poëme miraculeux
Qu'avoit fait le sçavant Moliere,

Qui parle d'une autre maniere
Que cette troupe n'avoit fait.
    « Mais, Monsieur, cela gist en fait,
Respondit un de l'assemblée,
Car c'est parler à la volée
Que de citer icy des vers
Pour les juges de l'univers.
Sans vouloir offenser Moliere,
L'on peut dire que la lumiere
Ne va pas à juger d'un art
Qu'on ne connoist pas par hazard,
Et sa poëtique science
N'infuse ny droit ny puissance
De juger quel est le pinceau
Qui doit passer pour le plus beau,
Pour en faire une remonstrance
Aux plus eclairez de la France,
A celuy dont le jugement
Connoist tout si parfaitement,
Et de qui la vive lumiere
Se peut bien passer de Moliere :
Car enfin, selon son rapport,

Un sage ministre a grand tort
De ne pas employer un homme
Qui dans l'estude se consomme,
Et de qui le pinceau fameux
Porteroit jusqu'à nos neveux,
Par une eternelle memoire,
De ce grand ministre la gloire.
Mais, quand il nous dit que Mignard,
N'est point courtisan, et que l'art
Ne doit point chercher, par hommage,
Des prôneurs l'esclatant suffrage,
Ce poëme monstre aujourd'huy
Qu'il n'est rien qu'un placet pour luy,
Où tous ces grands mots de peinture,
Tons, masses, valeurs, empastures,
Que la rime enchâsse si bien,
Sont tous mots qui ne disent rien
Pour la Coupe du Val de Grace,
Puisque pas un n'y tient sa place.
— Mais, reprit un autre d'entr'eux,
Ne trouvez-vous pas monstrueux
Que la fresque, cette inconnue,

Qu'en France l'on n'avoit point veüe,
Charme l'œil par ses vieux appas?
Quant à moy, je ne le croy pas;
Et, quoyque Moliere la vante,
De l'huile elle est fort la servante.

— Mais enfin, dit le curieux,
Les objets sont faits pour les yeux,
Et les parolles pour l'oreille.
Si la Coupe est une merveille,
Ce n'est que dedans ces beaux vers;
Mais, comme tout a son revers,
Lorsque nostre œil voit sa peinture,
Ce grand juge de la nature
Fait avoüer à nostre esprit
Que sa beauté n'est qu'en escrit. »

Ils s'entretenoient de la sorte,
Quand le portier ouvrit la porte,
Ce qui fit voir, en un moment,
Un tas de monde se poussant,
Qui prit, bon gré mal gré, sa place,
Sous la Coupe du Val de Grace.
Là, chacun dit son sentiment,

Donnant sur moy son jugement.
Dame Denise la premiere
Dit à Simone, sa commere :
« Est-ce là le vray paradis,
Que le bon Dieu nous a promis ?
— Es-tu folle ? luy dit Simone :
Ne voys-tu pas notre patrone
Qui tient dans ses bras son agneau ?
Ah ! Simon, que cela est biau !
Je voy bian comment il la baise,
La pouvre beste ; qu'elle est aise !
Plust à Dieu estre comme ly,
Non pas demain, mais aujourdy !
— Quoy ! tu voudrois estre une beste ?
As-tu de l'esprit dans la teste,
Luy respondit dame Alison,
D'estre une beste sans raison ?
— Beste ou non, cela ne m'importe,
Pourveu que j'y fus de la sorte,
Reprit Denise, car tous ceux
Qui sont dans le ciel sont heureux.
— Escoutez-la comme a raisonne !

Lùy repliqua dame Simone.
Ne voudrois-tu pas estre aussi
Comme ce lion que voicy?
— Fy! dit-elle, en tournant la teste:
C'est une trop meschante beste.
— Tu ne sçais donc ce que tu veux?
En paradis, tout est heureux.
Au moins, tu viens de nous le dire. »

Tout le monde se mit à rire
De ce qu'il avoit entendu.
« Cette femme a bien respondu,
Dit un gros homme de la bande:
Car, dites-moy, je vous demande,
D'où vient que ce grand peintre a mis
Des bestes dans le paradis?
Pensez qu'il a fallu des grües,
Pour les juquer dessus des nües?
— Elles ne sont point d'icy-bas,
Dit l'autre; ne voyez-vous pas
Le Pere Noë, près de l'Arche?
Montez sur le coin de la marche,
Et vous la voirez aisement.

— Ha ! je l'apperçoy voirement.
Noë s'accoste sur le faiste ;
Mais l'on voit bien que cette beste
Est trop grosse pour en sortir,
Car elle n'y sçauroit tenir.
— Mais, repliqua dame Simone,
Je vois un vieillard qui m'estonne
Avec son grand cousteau de fer ;
Est-ce pour tuer Lucifer ?
— Estes-vous folle, ma commere ?
Respondit Denise en colere.
C'est notre bon pere Abraham,
Qui veut esgorger son enfant.
— Son enfant ? dit dame Simone.
— Ouy, car le bon Dieu luy ordonne,
Dit Denise : il n'a point de tort.
— Quoy ! l'esgorger, après sa mort ?
Dit Simone, il n'est pas croyable.
Le bon Dieu est trop pitoyable,
Pour vouloir souffrir qu'à ses yeux
L'on tue son enfant dans les cieux ;
C'est ce que je ne sçaurois croire.

4.

— C'est que tu n'entens pas l'Histoire, »
Respondit une autre d'entr'eux.

Tout aussitost le curieux,
En faisant un esclat de rire :
« Hé bien, Messieurs, que peut-on dire
Qui soit plus plaisant que cela ?
Et vous devez juger par là,
Dit-il à ces gens de science,
Combien il est de consequence
De ne rien exprimer de faux
Dans la sculpture et les tableaux,
Principalement aux Eglises,
Pour les erreurs et les mesprises
Que cela fait aux simples gens ;
L'on doit plustost, en menageant
Leur simplesse et leur ignorance,
Les porter à la connoissance
Des mysteres de nostre foy,
Suivant la croyance et la loy. »

Ainsi termina l'assemblée.
Ce qui me rendit si troublée,
Que, depuis ce fascheux moment,

Je me trouve sans mouvement,
Et saisie d'estrange maniere.
Voila, docte et rare Moliere,
L'estat fascheux où je me voy.
Malgré ce que tu dis de moy,
Malgré ces eloges sublimes,
Malgré tes magnifiques rimes,
Chacun de moy s'entretiendra.
Tant que l'ouvrage durera,
Qui n'en dira mot fera grace
A la Coupe du Val de Grace.

LE SECRETAIRE DE LA COUPE

A MONSIEUR DE MOLIÈRE

Favory des neuf Sœurs, toy qui sais l'art de plaire,
Esprit des plus brillants qui soient dans l'univers,
Tu diras que la Coupe est mal en Secretaire,
Et qu'il entend fort peu le langage des vers :

J'en demeure d'accord, et ce n'est pas merveille
Que l'on soit ignorant dans le mestier d'autruy ;
Nous avons, sur la Coupe, avanture pareille,
Et j'en prens à tesmoin ton poëme aujourd'huy.

Si tu fais bien des vers, tu sçais peu la peinture ;
Jamais dans ce bel art tu ne fus grand docteur ;
Moy, j'ignore du tien la regle et la mesure,
Et je suis dans la rime un fort pauvre orateur.

Mais nous ferions pourtant un ouvrage sublime,
Si nous voulions tous deux faire une liaison :
Car on trouve en tes vers l'eloquence et la rime,
Et moy, de mon costé, j'ay toute la raison.

VARIANTES

DU MANUSCRIT AUTOGRAPHE

CONSERVÉ DANS LE RECUEIL DE NICOLAS
DU TRALAGE

Page 17, vers 4. Ici l'auteur a changé ces trois vers, qu'il a effacés :

> Dit en chagrin mon deffenseur,
> Et vous n'estes rien qu'un causeur.
> Pour moi, j'entreprens sa deffence,
> Et je veux, en vostre presence...

P. 17, v. 12. Après ce vers, l'auteur a supprimé les huit suivants :

> « Mais prenons chacun une chaise,
> Pour en discourir à nostre aise. »
> ˙ Mon deffenseur luy respondit :
> « Souffrez, Monsieur, sans contredit,
> Que cette illustre compagnie
> Suive seulement son genie.
> C'est pourquoy, Messieurs, vous pourrez
> Prendre quel party vous voudrez. »

P. 18, v. 12. Ici l'auteur a corrigé douze vers,
et il en a supprimé quatre :

Qu'un peintre, de grand jugement,
Doit avoir, avant toute chose,
L'idée de ce qu'il propose.
Il faut que son invention,
Jointe à l'imagination,
Sans se servir de la memoire,
Si ce n'est pour suivre l'Histoire,
Invente, sans voir nul objet,
Ce qui doit former son sujet ;
Qu'il n'ait dessein, estampe, image,
Lorsqu'il compose son ouvrage :
Or, je pose en fait, qu'à vos yeux,
Je vais trouver, dedans ces lieux,
Dans ces differentes pensées,
Des figures non inventées,
Non pas pour une, mais pour deux :
Le compte en seroit ennuyeux.

P. 21, v. 12. Après ce vers, il y a huit vers
supprimés et deux vers corrigés :

Il sçait la force des couleurs,
Il en menage les douceurs,
Il repand si bien la lumiere
Sur le proche et sur le derriere,
Qu'il en resulte une union
Qui met dans l'admiration.
Mais, sans qu'aucun de vous m'escoute,
Levez les yeux à cette voute :
Pouvez-vous sans ravissement
La regarder un seul moment?

P. 21, v. 22. Ces deux ont été corrigés; il y
avait à la place :

Puisque, jusqu'au plus petit ange,
Il merite de la louange.

P. 25, v. 1. Après ce vers, il y en a quatre raturés :

> Car, bien que sa voix soit muette,
> L'on voit, à l'orgue ou l'épinette,
> Qu'elle doit faire un doux concert
> Toutes les fois qu'elle s'en sert.

P. 28, v. 20. A la place de ces deux vers, il
y en avait six, que l'auteur a supprimés :

> Dans un lieu de beatitude,
> Un peintre, s'il a de l'étude,
> Qui traite un sujet glorieux
> Et qui veut contenter les yeux,
> N'y doit rien mettre qui n'exprime
> Le grand, le divin, le sublime.

P. 29, v. 6. Après ce vers, l'auteur en a supprimé quatre :

> Car le dernier jour des humains
> Estoit festé chez les Romains,
> Et des jeux de plusieurs natures
> Accompagnoient leurs sépultures.

P. 34, v. 11. Après ce vers, l'auteur en a supprimé six :

> Est-ce là le vrai caractere
> Qu'il possedoit dessus la terre,
> Lorsque, près d'un buisson ardent,
> Son grand cœur, d'amour tout bruslant,
> Admiroit les clartez divines
> Dans le milieu de tant d'epines ?

P. 34, v. 15. Après ce vers, l'auteur en a supprimé dix :

> Abraham, avec son espée,
> Après que sa trame est coupée,
> Voudroit-il faire assassinat,

5

Sédition ou attentat?
L'on ne sçait ce qu'on en doit croire,
Car le saint Michel, dans sa gloire,
Semble vouloir tout terrasser,
Destruire, abattre et fracasser ;
Puisqu'il est couvert de ses armes,
Sans doute il craint quelques alarmes.

P. 34, v. 21. Après ce vers, l'auteur en a
raturé seize et changé quatre :

Et chascun tourne le costé
A cette auguste Trinité.
J'ai vu des tableaux plus de mille,
Mais jamais d'optique incivile,
Au point de celle de Mignard :
Eh! pourquoy semer au hasard
Ces saints au-dessus du tonnerre,
Comme on les a peints sur la terre,
Et comme vis à vis de nous,
Sans les faire voir par dessous,
Autant qu'il faut pour la distance?
Est-ce là *parer nostre France?*
Mais surtout ne prendroit-on pas
Les nuës pour des matelas
Où les figures sont couchées
Et tellement bien arrangées...

P. 35, v. 8. Ce vers et le suivant ont rem-
placé ceux-ci :

J'en prens à tesmoin devant vous
Ce saint Augustin à genoux.

P. 37, v. 1. Ce vers était d'abord différent,
dans le manuscrit :

Monseigneur Colbert a grand tort...

P. 37, v. 9. Ce vers et les deux suivants étaient
ainsi :

Lorsqu'il continue, disant

Que Mignard n'est point courtisan,
Pour mendier, par cet hommage...

P. 38, v. 19. Ce vers était suivi de cinq autres,
que l'auteur a supprimés :

Qui s'éparpilloit à la veue,
Comme on voit la neige en la nue,
Poussée d'un souffle d'aquilon,
Se rassembler en un ploton ;
De mesme, ce peuple s'amasse...

P. 39, v. 20. Ce vers et le suivant étaient
ainsi :

Dit Denise, puisque nan dit
Que tout est saint en paradis.

P. 42, v. 19. Après ce vers, il y en avait huit,
que l'auteur a rayés :

Mais n'en disons pas davantage ;
C'est trop parler de cet ouvrage :
Si demain vous avez loisir,
Nous aurons un autre plaisir.
A midy, je vous iray prendre,
Afin que nous puissions nous rendre,
Entre une et deux, à l'Arsenal,
Et de là à l'hostel d'Erval.

ÉPITRE

A

PIERRE MIGNARD

5.

PRÉFACE

CETTE *Épître, dont la composition remonte certainement à l'année 1658, est sans doute le premier témoignage public d'admiration et d'amitié que Molière ait donné à Pierre Mignard, dans l'année même où ils se rencontrèrent à Avignon et devinrent amis. Elle avait été faite pour être mise sous les yeux du cardinal Mazarin et de la reine mère Anne d'Autriche, afin d'appeler leur bienveillance sur le jeune peintre français, qui revenait d'Italie avec une réputation acquise, mais qui n'était pas encore en faveur à la cour de France. Molière atteignit, au reste, le but qu'il se proposait en composant son*

Épître, puisque Mignard fut chargé de faire le portrait du cardinal et d'exécuter les peintures à fresque de l'église du Val-de-Grâce, que la reine-mère faisait construire à Paris. L'Épître ne fut imprimée qu'une seule fois, dans les DÉLICES DE LA POÉSIE GALANTE, *que publia en 1663 le libraire Jean Ribou, qui était alors l'éditeur des comédies de Molière.*

Voici la note dont nous avons accompagné l'Épître à Pierre Mignard, en la réimprimant dans les POÉSIES DIVERSES ATTRIBUÉES A MO-LIÈRE (Paris, Alphonse Lemerre, 1669, in-12) : « *Cette Épître, comparée au poème de la* GLOIRE DU VAL DE GRACE, *offre les mêmes formes de langage, les mêmes sens de phrase, et parfois les mêmes pensées, que le poème qui fut publié sous ce titre en 1669 : elle est évidemment de l'année 1658. Le sujet traité par le poète sert à établir la date d'une façon à peu près positive : c'est une supplique au cardinal Mazarin, pour le déterminer à mettre fin à la guerre et à donner la paix au royaume. Le sentiment vraiment humain et philosophique qui a inspiré l'Épître à Mignard est digne de Molière, et souvent l'expression reproduit avec bonheur sa pensée,*

*aussi noble que généreuse, sous le masque de
panégyrique. Cette pièce de vers se rapporte
sans doute à l'arrivée de Mignard à Paris,
lorsqu'il y fut si bien accueilli par le cardinal
Mazarin, qui voulut se faire peindre par lui,
et qui le présenta ensuite à Louis XIV et à la
reine-mère. Ce fut dans le courant de 1658
que Mignard fit ce beau portrait du cardinal,
que Nanteuil a gravé en 1660. L'Épître que
Molière adresse au peintre, peut-être à l'ins-
tigation de celui-ci, pour le recommander au
cardinal, et pour se recommander lui-même,
comme poète, au premier ministre, avait donc
été composée vers le milieu de l'année 1658.
Cette belle pièce, qui n'a pas encore été re-
cueillie dans les œuvres de Molière, ne se
trouve que dans un recueil de vers intitulé :
LES DÉLICES DE LA POÉSIE GALANTE (Paris,
Jean Ribou, 1663, in-12); elle ne figure déjà
plus dans la seconde édition de ce recueil,
publiée en 1666, édition bien moins rare que
la première, qui semble avoir échappé aux
recherches de tous les historiens de Molière.
On ne sait rien des motifs qui ont fait re-
trancher de cette seconde édition l'Épître à
Pierre Mignard, si ce n'est que Molière fut*

en procès avec le libraire Jean Ribòu, de
1663 à 1665. »

On peut supposer que ce fut Mignard lui-
même qui intervint pour faire supprimer cette
Épître dans la réimpression du recueil où
elle avait paru trois ans auparavant, puisque
les STANCES, qu'on y voit avec la signature de
Molière, se trouvent également dans les deux
éditions et n'ont pas été recueillies dans la
première édition des œuvres de Molière, que
Gabriel Quinet fit paraître, en deux volumes,
dans le cours de cette même année 1666.

P. L. JACOB, *bibliophile.*

ÉPITRE

A

PIERRE MIGNARD

PEINTRE

———

Industrieux Mignard, ton admirable main
Ne fait rien qui ne soit au-dessus de l'humain :
Tout ce qu'elle figure a le noble avantage
De se voir immortel dans son parfait ouvrage.
Le temps, qui détruit tout, conserve les tableaux
Sur qui l'on voit briller tes célèbres travaux :
Ces travaux ont rendu ta gloire sans seconde,
Et ne pourront périr qu'en la perte du monde.
Par tes doctes efforts, nous voyons effacés
Des traits qu'on admiroit dans les siècles passés.
Le soleil est jaloux, voyant que ta science
Donne plus aux couleurs que sa douce influence,

Et s'enfuit, chaque jour, mécontent d'esclairer
Ce qui le fait rougir et te fait admirer.
Quand tu peins un héros, tu rends notre âme atteinte
D'amour, d'estonnement, de respect et de crainte;
Tu figures le calme et les émotions;
Tu fais voir dans les yeux toutes les passions;
Tu depeins la clémence et la fureur guerriere,
Et monstres sur un front une âme tout entiere.

   De ces riches talens sers Jule sans pareil;
Comme un aigle hardi, regarde ce soleil;
A son esprit charmant, que ton esprit s'enflamme!
Mais suspens le respect, qui surprendroit ton ame;
Crains, en le contemplant, que, pour trop l'admirer,
Tu ne perdes l'espoir de le bien figurer.
Pour eviter la crainte, en le voyant, oublie
Ce qu'en disent la France et toute l'Italie,
Ce qu'en dit l'univers, qui le voit bien plus grand
Que le fameux Amboise [1] et l'invincible Armand [2].
Ne le vois pas voler de conqueste en conqueste,
Ne vois pas les lauriers qui couronnent sa teste;
Trahis sa connoissance; ignore, si tu peux,
Qu'il est au plus beau sang lié de sacrés nœuds [3].
Mais enfin, que ton art fidellement nous trace
Son port majestueux, et son air et sa grâce,

---

1. Le cardinal d'Amboise, ministre de Louis XII.
2. Le cardinal de Richelieu, ministre de Louis XIII.
3. Ce vers étrange pourrait bien faire allusion au mariage secret qu'on disait exister entre le cardinal et la reine-mère.

Cette noble fierté qui paroist aux vainqueurs,
Et ce charme secret qui règne sur les cœurs.
La Nature desjà croit qu'on lui fait outrage,
Tirant de mon héros une parfaite image :
L'ayant fait sans égal, j'aperçois qu'elle craint
Qu'il ne soit plus unique, estant si bien despeint.
Ris de ce qui l'afflige, et consacre tes veilles
A peindre à l'univers de célèbres merveilles ;
Tu dois seul figurer ces demi-dieux mortels,
De qui les actions méritent des autels,
Et, faisant ce portrait, trace quelque figure
Qui du bien de la Paix soit un fidelle augure :
Qu'un emblème savant annonce le retour
De cet unique bien, objet de nostre amour ;
D'un art ingénieux, remets en sa mémoire
Qu'il doit à ses bontés le haut vol de sa gloire.
Il peut trouver sa règle et son modèle en luy :
Ce qu'il fit autrefois, qu'il le fasse aujourd'huy ;
Que, proche de Cazal, le grand Jule se voie
Arracher à la guerre une sanglante proie :
Fais-lui revoir encor son esprit glorieux,
Seul, entre les deux camps, être victorieux.
Estant de la fureur le vainqueur et le maistre,
Tout ce qui ne meurt pas lui doit un second estre ;
Comme auteur de la vie, il mérite un autel,
Et, désarmant la mort, il se rend immortel.
   Peins nos malheurs passés, et fais qu'il se souvienne,
Par son illustre oubli, quelle gloire est la sienne.
La douceur héroïque, après tous nos débats,

Surpasse de bien loin le gain de cent combats.

Fais-lui voir de quel poids est une longue guerre,
Et que sous ce fardeau gémit toute la terre.
Par nos heureux succès, l'ennemy, plein d'effroy,
Voit trop que la victoire est fidèle à mon Roy.
De sa prospérité l'Europe est alarmée ;
Assez de grands exploits enflent sa renommée.
On peut plus aisément vaincre des nations,
Que modérer le feu des belles passions.

Jule ayant fait d'un règne une longue conqueste,
Un rameau d'olivier doit couronner sa teste.
Monstre combien de sang nos lauriers ont cousté :
Fais-luy voir nostre honneur, presque trop acheté ;
C'est le plus digne effort de la vertu supresme,
Que borner ses désirs et se dompter soy-mesme.
On doit vaincre sa haine, ayant bien combattu,
Et relever celuy qu'on avoit abattu.
Armand a surpassé ceux qui le devancèrent ;
Tout ce qu'ils avoient fait, ses exploits l'effacèrent.
L'essor de la victoire est pour Jule plus prompt,
Et de plus beaux lauriers environnent son front.
Armand fut libéral, grand, invincible et sage ;
Mais on dira : « La paix ne fut pas son ouvrage ;
Le temple de Janus est ouvert de sa main. »
Invite à le fermer cet illustre Romain !
Il sera plus fameux, par cet acte héroïque,
Que s'il avoit conquis et l'Europe et l'Afrique.
La guerre l'a fait voir un grand homme d'Estat ;
Ses vertus, dans la paix, auront bien plus d'esclat.

Il faut gouster le bien que donne la victoire,
Et, pour se rendre heureux, réfléchir sur sa gloire.
En vain du monde entier nous serions les vainqueurs,
Si de nouveaux désirs troubloient toujours nos cœurs.

Lorsque je fais des vœux pour obtenir silence,
C'est un pressant effet de ma reconnoissance :
L'épouvantable bruit qui trouble l'univers
Interrompt des neuf Sœurs les aimables concerts.
Je veux tranquillement, sur une heureuse rive,
Dépeindre ses lauriers, à l'ombre de l'olive :
Le travail le plus grand des plus fameux héros
N'est que pour obtenir la douceur du repos.

Mignard, que ton pinceau heureusement étale
Les plus doctes leçons de la belle morale.
En ce louable effort, ton art industrieux
Peut instruire l'esprit et peut charmer les yeux.
Ma voix seconderoit ta muette éloquence,
Mais il n'est pas de bruit qui vaille ton silence :
Les traits de ton pinceau surpassent nos escrits
Et les discours pompeux des plus brillants esprits.
Quand tu peins dans les yeux une ardeur héroïque,
C'est faire d'un grand homme un beau panégyrique.
Applique tout, Mignard, en ce hardi projet :
Ton art n'aura jamais un plus auguste objet.
Fais plus, illustre ami, que je ne t'en puis dire,
Traçant naïvement ce qu'on ne peut descrire.
Ton pinceau, travaillant pour ce grand demi-dieu,
Au temple des Beaux-Arts tiendra le premier lieu.
Plus content que jaloux des brillants de sa gloire,

Je veux de mon vainqueur célébrer la victoire.
Finis ce grand ouvrage, et reçoy le laurier
Que Minerve propose au savant ouvrier.
Je cesse sans regret, puisque d'un zèle extresme
Tu veux, me surpassant, te surpasser toy-mesme.

Imp. Jovaust

L'Baromem

AMOUREUX, 9 fr.

9 fr. — LA GRIPPE

ÉCOLE DES MARIS

VANTES, 7 fr.

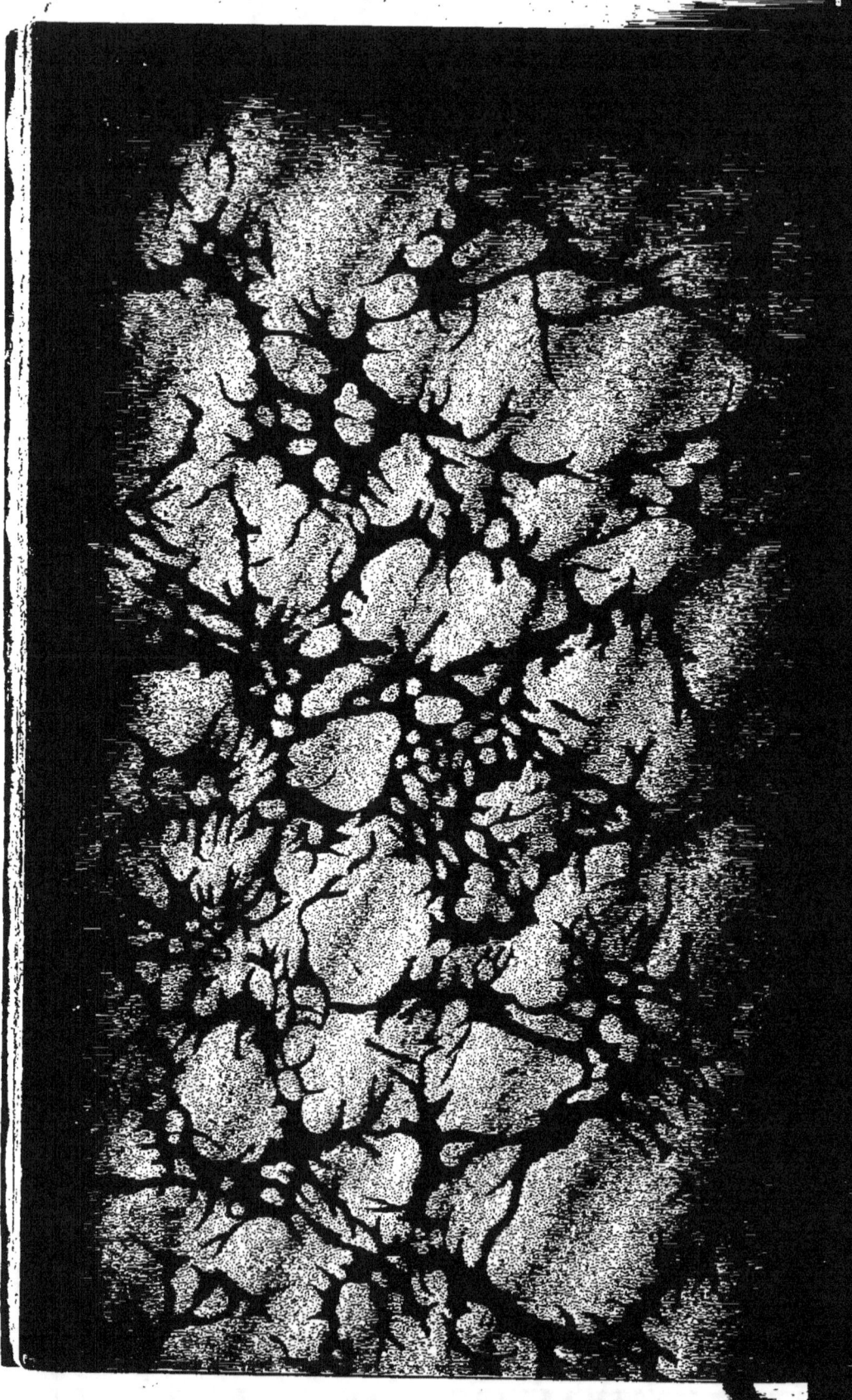

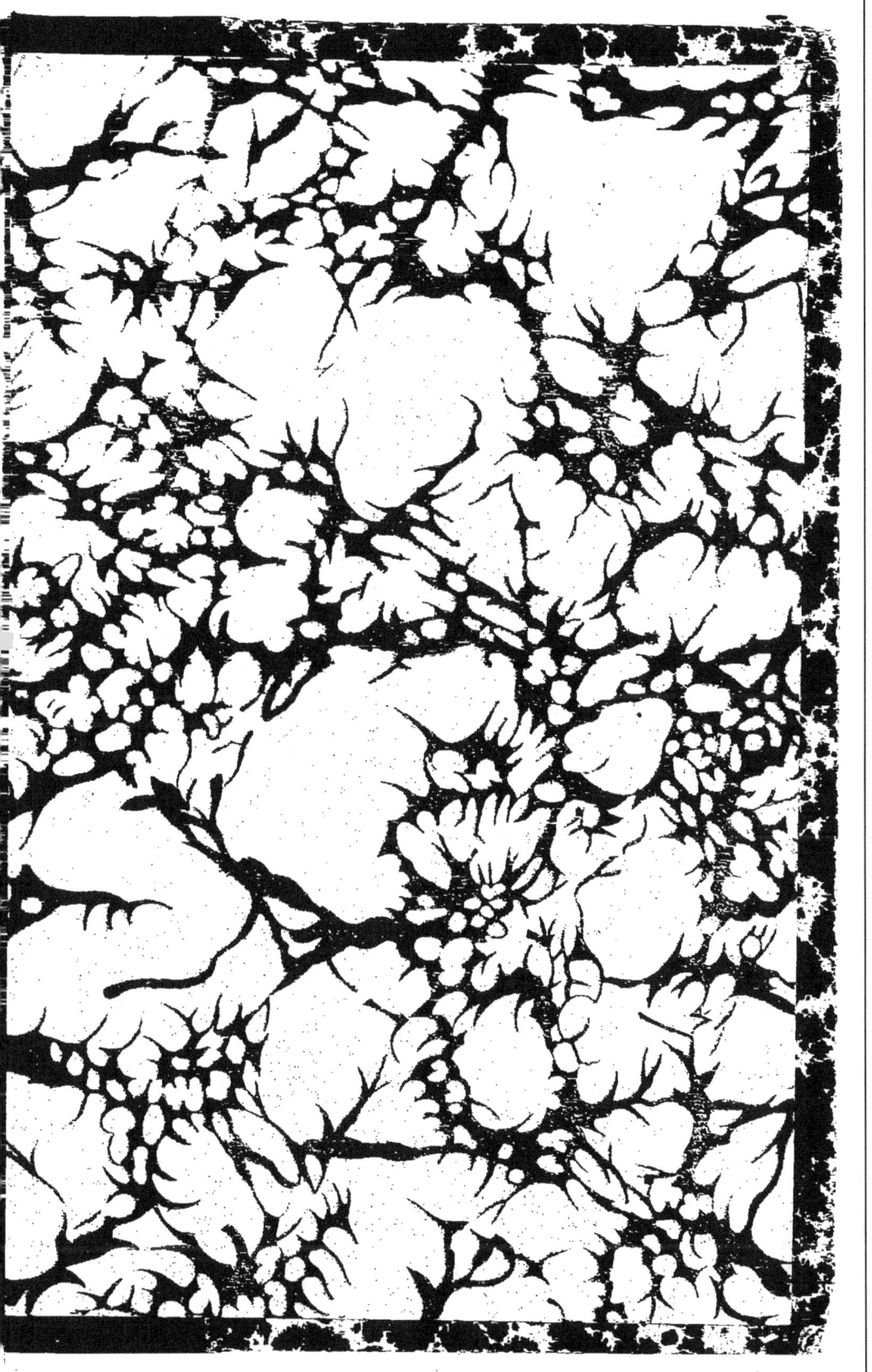

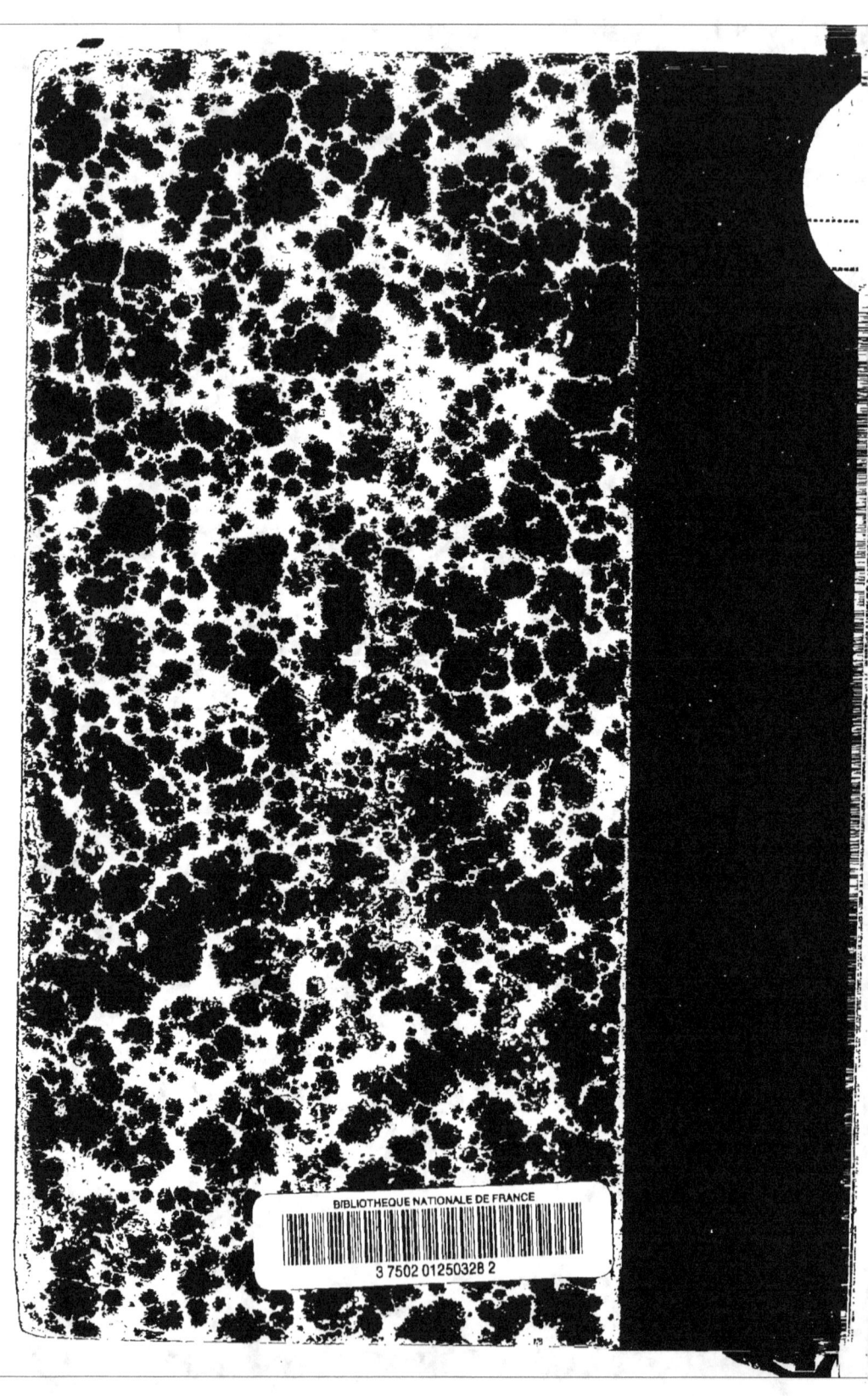

www.ingramcontent.com/pod-product-compliance
Lightning Source LLC
Chambersburg PA
CBHW060456260626
47161CB00005B/2127